渔夫 和 金鱼 的 故事

〔俄罗斯〕普希金／著

〔克罗地亚〕薛蓝·约纳科维奇／绘

任溶溶／译

GUANGXI NORMAL UNIVERSITY PRESS

广西师范大学出版社

·桂林·

有一个老头儿和老太婆，
居住在蔚蓝的大海旁边。
老两口住一间破旧泥棚，
整整地居住了三十三年。
老头儿天天去撒网打鱼，
老太婆在家里纺纱织线。
有一天老头儿撒下了网，
拉上来渔网里尽是海藻。
老头儿第二回撒下网去，
落网的又都是一些海藻。
老头儿第三回把网撒下，
这一回网到了一条小鱼，
可不是普通鱼——是条金鱼。

这一条小金鱼还能说话，
用人话苦苦地求老人家：
"老大爷，请把我放回大海！
为赎身，我给你高昂报酬：
无论你要什么，就给什么。"
老头儿吃一惊，心中害怕：
他打鱼都打了三十三年，
鱼说话可从来没碰到过。
他忙把小金鱼放回水中，
对这条小金鱼亲切地说：
"小金鱼，这都是上帝保佑，
我不要你给我什么报答。
你还是回到那蓝色水中，
回到那大海里自由玩耍。"

老头儿回家来见老太婆，
把这件大怪事对她细说：
"我今天捉到了一条小鱼，
不是条普通鱼，是条金鱼。
小金鱼还会说我们人话，
哀求我把它给扔回大海。
为赎身，它肯出高昂代价：
我问它要什么它都肯给。
可是我不敢要任何报酬，
就把它放回了蓝海里头。"
老太婆听完了，破口大骂：
"你是个大傻瓜，是个饭桶！
问金鱼要报酬，这也不懂！
你哪怕讨一个木盆也好，
咱们的旧木盆破得不行。"

老头儿又回到蓝色海边，

只看见大海在颤动微波。

他开口呼唤那小小金鱼，

小金鱼游过来，问老头儿说：

"老大爷，你现在想要什么？"

老头子行个礼，回答它道：

"求求你，鱼娘娘，请行行好。

我家的老太婆骂我一通，

不给我老头儿片刻安宁。

她说是要一个新的木盆，

我家的旧木盆破得不行。"

小金鱼听完了，马上应允：

"别难过，回家吧，上帝保佑，

你们俩会有个新的木盆。"

老头儿回家来见老太婆，
老太婆新木盆真有一个。
没想到老太婆骂得更凶：
"你是个大傻瓜，是个饭桶！
你多蠢，只要了一个木盆！
这木盆又能够值多少钱？
糟老头，快回去，找那金鱼，
行个礼，求它给木屋一间。"

老头儿又来到蓝色海边
（这蓝海已经变得浑浊）。
他开口呼唤那小小金鱼，
小金鱼游过来，问老头儿说：
"老大爷，你现在想要什么？"
老头儿行个礼，回答它道：
"求求你，鱼娘娘，请行行好。
我家的老太婆骂得更凶，
不给我老头儿片刻安宁，
吵闹的老太婆要间木屋。"

小金鱼听完了，马上回复：
"别难过，回家吧，上帝保佑，
准没错，你们会有间木屋。"
老头儿回家来找那泥棚，
可这间小泥棚没了影踪。
他面前是木屋，房间明亮，
有一个砖砌的雪白烟囱，
还有道橡木板做的大门。
老太婆正坐在窗子旁边，
马上就破口骂她的丈夫：
"你是个大傻瓜，是个饭桶！
多么蠢，只要了一间木屋！
快回去，向金鱼行一个礼：
我不愿做一个低贱农妇，
我想要做一位世袭贵族。"

老头儿又来到蔚蓝海边

（这一回这蓝海很不安然）。

他开口呼唤那小小金鱼，

小金鱼游过来，问老头儿说：

"老大爷，你现在想要什么？"

老头子行个礼，回答它道：

"求求你，鱼娘娘，请行行好！

老太婆这一回骂得更凶，

不给我老头儿片刻安宁。

她如今不愿做一个农妇，

她想要做一位世袭贵族。"

小金鱼听完了，随即开口：

"别难过，回家吧，上帝保佑。"

老头儿回家来见老太婆。

他看到什么呀？高楼一座。

老太婆站立在门阶上面，

身上穿名贵的貂皮坎肩，

头戴着镶金银锦缎头饰，

脖子上围的是珍珠项链，

手上戴镶宝石黄金戒指，

脚上蹬红色的一双皮靴。

殷勤的奴仆们把她侍候，

挨她打，让她把额发乱扯。

老头儿对他的老太婆说：

"你好啊，尊贵的贵族夫人！

看起来你现在应该满足。"

没想到老太婆冲着他骂，

还派他到马厩当奴当仆。

一星期，两星期，接连过去，

老太婆越来越任性狂妄。

她又派老头儿去见金鱼：

"快回去，向金鱼行个礼讲：

我不愿再做这世袭贵族，

我要当自在的一个女王。"

老头儿吓一跳，恳求她说：

"你怎么，老太婆，吃错药啦？

你说话，你走路，都不像样，

只会叫全国人把你笑话。"

老太婆这一气非同小可，

猛抬手给老伴一个耳光：

"跟我这世袭的贵族夫人，

你这个庄稼汉竟敢顶撞。

赶快到海边去，要是违抗，

老实说，我也要押你前往。"

小老头又只好来到海边

（这时候蔚蓝的大海发暗）。

他开口呼唤那小小金鱼。

小金鱼游过来，问老头儿说：

"老大爷，你现在想要什么？"

老头儿行个礼，回答它道：

"求求你，鱼娘娘，请行行好！

我那个老太婆又发雷霆，

她如今不愿做贵族夫人，

想要做自在的一个女王。"

小金鱼听完了，回答他讲：

"别难过，回家吧，上帝保佑！

没问题，老太婆将是女王！"

老头子回家来见老太婆。

可这是什么呀？王宫一幢。

他见老太婆真成了女王，

在宫里正用膳坐在桌旁。

侍候的尽都是大臣贵族，

给她斟外国的高级美酒，

吃的饼花样多，样样都有。

四周围站着些威武卫士，

把一些利斧钺扛在肩头。

老头儿猛一见，心惊胆战！

忙向她跪下来叩头行礼，

嘴里说："你好啊，威严女王！

这一回你总该称心如意？"

老太婆对老头儿瞅也不瞅，

吩咐人从眼前把他赶走。

贵族们一听说忙奔上前，

抓住他后脖颈叉了就走。

到门口卫士们跑上前来，

差点儿用利斧砍他脑袋。

人们都把老头儿冷言讥笑：

"你这个大老粗，真是活该！

对于你这种人是个教训：

这地方不该来，就不要来！"

一星期，两星期，接连过去，
老太婆越来越任性狂妄。
她派人马上去带她丈夫，
老头儿给找到，来见王上。
老太婆对老头儿下命令说：
"快回去，向金鱼行个礼讲：
我不愿再做这自在女王，
我想要做一个海上霸王，
好让我生活在海洋上面，
让这条小金鱼把我侍奉，
让这条小金鱼供我差遣。"

老头儿听完，不敢违抗，
连个"不"字也不敢说一声。
他于是又来到蓝色海边，
只看见海上刮起黑暴风：
狂怒的大海浪澎湃汹涌，
又是吼，又是啸，又是翻腾。
他开口呼唤那小小金鱼，
小金鱼游过来，问老头儿说：
"老大爷，你现在想要什么？"
老头儿行个礼，回答它道：
"求求你，鱼娘娘，请行行好！
该死的老太婆叫我没法！
她如今不愿做一个女王，
她想要做一个海上霸王：
好让她生活在海洋上面，
好叫你小金鱼把她侍奉，
从今后你专门供她差遣。"
小金鱼什么话也没有说，

它只是用尾巴拍了拍水，
一转身潜入了深深海底。
老头儿在海边等了半天，
没回音，就回家见老太婆——
他眼前依旧是那间泥棚，
门槛上坐着他那老太婆，
她面前还是那破旧木盆。

Aleksandr Sergeyevich Pushkin
亚历山大·谢尔盖耶维奇·普希金

俄国诗人、小说家、剧作家，被尊称为"俄国诗歌的太阳""俄国文学之父"，在俄罗斯人心中享有崇高的地位，对世界文学的发展也有深远影响。代表作有抒情诗《自由颂》《假如生活欺骗了你》，诗体小说《叶甫盖尼·奥涅金》，短篇小说集《别尔金小说集》，长篇小说《大尉的女儿》，戏剧《鲍里斯·戈杜诺夫》，等等。

1799 年，普希金出生于莫斯科一个贵族家庭，他在浓厚的文学氛围中长大，父母热爱文学，结交文学名流，而家中丰富的藏书也让他有机会阅读大量国内外优秀作品。普希金还有一位对他疼爱有加，常给他讲民间故事的乳母，从乳母那里，他领略了俄国民间语言的丰富与鲜活。12 岁时，普希金进入贵族子弟学校皇村学校学习，展露出非凡的诗歌创作才能；其间，深受法国启蒙思想影响，初步形成追求自由的思想。毕业后，普希金到彼得堡外交部工作，写了不少反对农奴制，讴歌自由的诗歌。抨击沙皇，使他遭受了两次流放。1837 年在，他与人决斗，受重伤而死，年仅 38 岁。

普希金短暂的一生中创作了数量众多、主题丰富的诗歌，其中包括 6 篇童话诗。这些童话诗取材于民间故事，普希金用韵语的节奏和鲜活的语言赋予民间故事新的形式和内涵，《渔夫和金鱼的故事》便是其中杰出的代表。

Svjetlan Junaković
薛蓝·约纳科维奇

克罗地亚艺术家、图画书作家、雕塑家。1961 年出生于克罗地亚首都萨格勒布，1985 年从意大利米兰布雷拉艺术学院毕业。薛蓝在绘画和雕塑领域始终保持着旺盛的创作力，多次举办个人作品展，足迹遍布欧洲、美洲的 20 余个城市；他的图画书作品在超过 30 个国家和地区出版，并荣获布拉迪斯拉发国际插画双年展金徽奖、意大利博洛尼亚国际童书展拉加兹优秀童书奖特别提名奖等多项大奖。2014 年，他荣获国际安徒生大奖提名，评委会给他的评价是："薛蓝·约纳科维奇为读者呈现了优美的作品。它们生动活泼，情感丰富，同时又妙趣横生，富有想象力、感染力。"他的图画书代表作有《大世界，小世界》《我的路》《动物肖像大书》《飞飞飞》《邮递员的故事》等。

渔夫和金鱼的故事

Yufu He Jinyu De Gushi

出版统筹：伍丽云
质量总监：孙才真
责任编辑：方　婧
特约编辑：闫　函
责任美编：赵英凯
责任技编：郭　鹏

绘 © 薛蓝·约纳科维奇 (Svjetlan Junakovic)，2016
著作权合同登记号桂图登字：20-2017-230 号

图书在版编目（CIP）数据

渔夫和金鱼的故事 /（俄罗斯）普希金著；（克罗）
薛蓝·约纳科维奇绘；任溶溶译 . -- 桂林：广西师范
大学出版社，2023.2
（魔法象．图画书王国）
书名原文：BAJKA O RIBARU I RIBICI
ISBN 978-7-5598-5337-0

Ⅰ．①渔… Ⅱ．①普…②薛…③任… Ⅲ．①儿童故
事 – 图画故事 – 俄罗斯 – 现代 Ⅳ．① I512.85

中国版本图书馆 CIP 数据核字（2022）第 154710 号

广西师范大学出版社出版发行
（广西桂林市五里店路 9 号　邮政编码：541004）
（网址：http://www.bbtpress.com）
出版人：黄轩庄
全国新华书店经销
北京盛通印刷股份有限公司印刷
（北京经济技术开发区经海三路 18 号　邮政编码：100176）
开本：889 mm × 1 160 mm　　1/16
印张：2　字数：20 千
2023 年 2 月第 1 版　2023 年 2 月第 1 次印刷
定价：46.80 元

如发现印装质量问题,影响阅读,请与出版社发行部门联系调换。